詩集

# わらべ詩

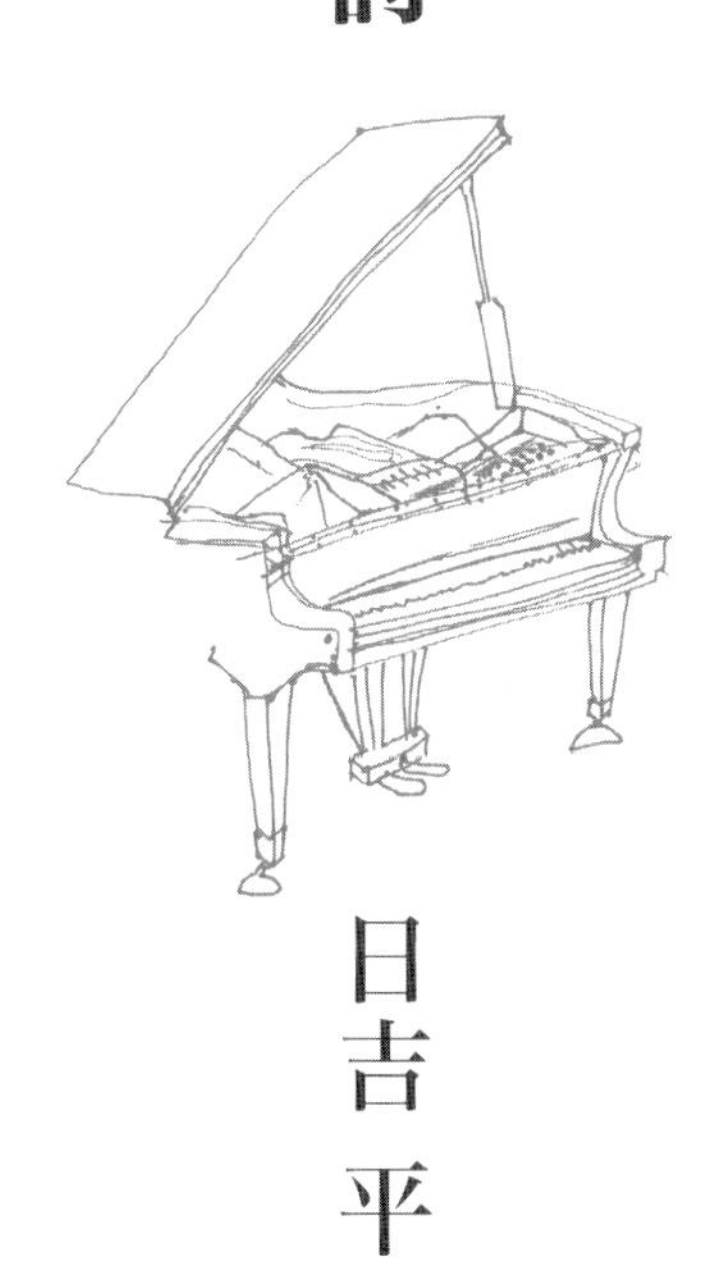

日吉平

創風社出版

詩集

# わらべ詩(うた)

日吉　平

Hiyoshi Taira

詩集

# わらべ詩(うた)＊目次

わらべ詩（うた）

# わらべ詩（うた）

# 木を植える

遠いむかし
私が生まれるはるか前のことだ。
わたしの祖父が山に木を植えた。
その山は数町の広さがあり
今では
抱えきれないほどの大木になっている。
私が結婚するとき
父はそれらの大木のいくつかを切った。
そのあとへまた何本かの苗木を植えた。
それらの樹も大きくなっている。

私も子供が旅立つ時それらを何本か切り出した。
父と同じように
そのあとへ何本かの苗木を植えた。
すくすくと育っている。
私は子供たちにそれらの樹の話をした。
私が老人になったとき
子供は同じように木を切り
木を植えるだろう。
わたしが黄泉の世界へ旅立った頃
苗木が大きくなり
大きな樹が大木になり
大木は巨木に成って
天空で
風にそよいでいるだろう。
わたしはそれらを高い空から眺めてみたい。

その頃になれば
きっと樹の根元あたりには
苔が茂り
野苺が実り
いつも咲いていた
白い山百合も咲いているはずだ。

# 野球

小枝が
風を
受け止めて
打ったり
投げたり

できるなら
戦争も
貧乏も
悲しいことは

宇宙の果てに
打ったり
投げたり

# おみやげ

「いくつになったの」
ゆび三本たてて
「三つ」
女の子は自信をもって言った

陽がいっぱいの
原っぱを走り
三本の白爪草を摘んで
戻ってくると
ひとつはママに

ひとつはパパに
もうひとつは？・・・
・・・
わたし。

「摘み残したいっぱいの花は
お空へあげるの」
自信をもって女の子はそう言った

# だれが困る

ここを押すと
どこかが出っ張る
ここを引くと
どこかがへこむ
見えない空気も詰みあっていて
押し合い圧し合い
地球の上で
譲り合っている

だから低気圧が腹を立てても

高気圧が受け止める

おまえが駄々をこねると
だれかがへこむ
困らせるために泣くのだろうが
そうして気を引くつもりなんだろうが
おまえが泣くと
だれが困る？

# 秋

孫のちっちゃな手のひらに
秋が来た
ひらいた手も
紅葉色
木枯らしの
予感を含む風もそよいでくる
山々は燃えはじめ
孫の顔も燃えている

夕焼けの中で

柿の実も熟れた
稲刈りも終わった
何処からか太鼓の音も聞こえてくる
瞳に映る山は火事のよう

秋の星は
銀河へ向けて流れるから
ひんやり夜は
風邪ひくな

# 満月

ママ
まんまるの
あのお月さまを
めだまやきのそばに
ならべてよ！
ママのめだまやきと
どっちがおいしいか
くらべてみるから
お星さまも
ふりかけたら

おいしいだろうな
くものうしろに
かくれないうちに
はやくはやく

# よーいどん

よーいどん
しろつめぐさに
おいついたよ
だって三つだもん
クローバーの葉とおなじ
らいねんは四さい
クローバーも四まいになるかな
らいねんは
すみれにおいつくよ
らいねんの

つぎのとしは
さくらにおいつくよ

# キュラキュラの風

山肌を
風の一団が
木々を揺らしながら
滑り降りる
キラキラと
キュラキュラの空気が
風になって流れている

# うみべのあそび

おふねにのって
むこうぎしへわたったよ
そして
でんしゃにものったよ
うみべのえきでおりたら
きれいなすなはまで
すなどけいのすなのような
こまかいすなだったよ
おもいっきり
あそんだあと

なぎさにそって
なみうちぎわを
はしっていったら
なみが
あしあとをけしてくれたよ
なみはゆっくりと
いきているように
いつまでもうちよせていたよ
真っ青のおそらにのばしたゆびのさきに
みらいもいっぱいあそんでいたよ

# 虫

ミズムシって
どんなムシ?
たとえば
にがムシ
よわムシ
なきムシ
三尸のムシ

もぐる虫
はう虫

はねる虫
とぶ虫

テントウムシに
イモムシ

おさまらぬ腹のムシ
グウグウなる腹のムシ

ミズムシってどんなムシ？
ムシがぼくのまわりを囲んでる

# ダメ

ママは言う
これはダメ
あれはダメ
ダメと言ったらダメよ

だけど
どうしても
これはしたいの
ダメでもいい
ごはんもいらない

家に入れてもらえなくてもいい

いっぱい
がまんしたのに
なぜ！
理由をたくさん
ママは言うけど
ぼくにはわからない

ママのなかの鬼も
ぼくのなかの鬼も
噴火しそうだ
カンカンにおこってる

ママのかおがゆがんでる

家のドアもゆがんでる
とうとう
二匹の鬼が吠えた

# 二匹の鬼

ママとぼくには
一匹ずつ鬼が住んでいる
ふだんは静かにしているが
機嫌が悪くなると吠える

「手を洗いなさい」

「あとかたづけは？」

「くつはそろえてぬぎなさい」

ママはいつも嫌なことばかりを言ってくる
ぼくは聞かない

ママの鬼は角を出し始める
ぼくの鬼はますます黙る
鬼のようなママがぼくの前に座る
ぼくの鬼はますます黙る

トイレに飛び込んで
鍵をかける
ママはドアをたたくけど
開けない
ママの鬼が優しくなるまで
膝を抱いて待っている
我慢するのはママにだって負けない
ぼくは男だから
強くなれと
パパも言っていた

ママがトイレに行きたくなったら
きっとお願いしてくるはずだ
それまで我慢する

# すなあそび

女の子は海辺の浜で
すなあそび
ゆびのあいだからこぼれる
かわいたすなが
粉雪のように
かぜにふかれて
あしあとへ滑り
ひそひそ話をしながら消していく

しめったすなで山をつくり

よこあなをほると
ヒミツへ続くトンネル
砂山のいただきに
かわいた白すなをふりかけて
冠雪をつくると
夏をめくって
とたんに冬になった

つぎはなにをつくろうか
思案しても浮かばない
だったら
おとなになった時のじぶんはどう？
とすなたちは言う

# 言の葉

葡萄は終わった
梨も柿も
もう終わる
わずかな葉っぱだけが
色づいて残っている
枯葉は畑に積もり
腐葉土となり
木を育て
花を咲かせ
豊かな実を成らせる

落ち葉は
唇にも
つもり
言の葉となって
子供をはぐくむ

# 言の葉の湖

音に乗って文字の姿は
香をふくませ
ことばとなって流れ
魂の底の方に溜まっていく
ことばには陽も射して
かすかな香りさえも放っている
聞きなれた懐かしい音
当たり前の懐かしい風景
言の葉の太湖で
ゆったり

ゆらゆら
浮かんでいる

# 落葉のさんすう

高枝から枯葉が落ちて
カサッと乾いた音がした。
枯葉の落ちる質量は
人間が亡くなるときの質量に等しい。

宇宙は無限である
故に蟻の歩いた距離と
人間の歩いた距離は等しい。
だから
人の一生と

枯葉の落ちるに要した時間は
同じである。
時間なぞ誰が決めたんだ。

草木が腐植土から栄養を吸い上げ育つのと
人が言葉で育つのは同じである。

草木が芽を出し花を咲かせ落ち葉を落とすのと
人が語られたことを繰り返すのとは等しい。

植物の量より
人の量が多くなることはあり得ない。
だから
人を生かせるだけの植物の量を
人の数が超えることはない。

枯葉の重量は
人の心の重量と同じである。

# 葉っぱ遊び

はははは
小さい葉っぱ
大きい葉っぱ
青い葉っぱと黄色い葉っぱ
丸い葉っぱと三角葉っぱ
薄い葉っぱとゴツイ葉っぱ
つつじの葉
葡萄の葉
柿の葉
リンゴの葉

雨に打たれて
水玉もおどる
里いもの葉
ははは

# 茶葉

歴史の中で
お茶が座っている

よく揉まれた
しわくちゃの茶葉が
歴史の中にあり
適量の
温いお湯を注ぐと
旨味が滲み出てくる

甘みと
苦味とが
香りを泳ぎながら
絡み合い遊び始める
いろいろな茶葉の魂があり
それぞれの時代と世界で
開いていく

# 今日の夕日

夕日が沈み始めたので
今日一日の魂を丸めて
水平線を転がした。
好きなだけ転がったら
夕方には
勢いを失くして
海に沈んでしまった。
海の中で
まだ燃えているのか
海面が真っ赤になっている。

少年も体じゅう真っ赤に
映っている。

# 風のおにぎり

風を両手で掬ってみる
そして
おにぎりのように丸めてみる
過去や未来も
おにぎりにして
ポケットに入れて歩いていく

# 壜とビー玉

透明になるまで
少年は壜を磨く
そしてビー玉を詰めて
カラカラ鳴らしながら
橋の上から川面に投げる
壜を透かして太陽が乱反射する
ビー玉は定まらない夢の形
カラカラ音たてて
ぷかぷか浮かんで流れていく
揺れるたびに

夢が音たてる
何処へ行きたいのか
少年はまだ分からない

# さくら

桜　さくら
あの故郷の庭に咲いていたさくら
今も咲いているのだろうか

桜　さくら
山をひとり占めしていた桜
今も元気で咲き乱れているのだろうか

桜　さくら
あの校庭で咲いていた桜

今年も花吹雪があったんだろうか

# 遠足

遠足の前の晩は
子供は寝つけない
明日は晴れなのか
雨なのか
列をつくって
歩いている想像は広がっていく

雨ならば来週に延期
晴れならば去年も行った城山へ
木々の間から

遥か遠くに
自宅が見えたり
祖母の家が見えたりする

昨夜　母が作ったお弁当は
リュックサックの中から良い匂い
巻き寿司や卵焼きが
歩くたびに揺れている

# 百合の花

去年百合の花が三輪咲いた
その種を庭のあちらこちらに撒いていたら
今年は庭のあちこちにいっぱい咲いた
百合はある日
茎をするすると空に伸ばし
先端に準備していた蕾を
トランペットが鳴ったかのように
突然咲かせて見せる
なんの飾りもなく
ただ白い

見とれて
うたたねをして
ふと目を覚ますと
もう黄ばみ始めている
黄ばんでしぼむ前に摘み取ってしまうのだが

# 草引き

畑で草引きをする
草を引くたび
ミミズ
団子虫
ナメクジなどが這い出てくる
カラスが傍まで飛んできて
私を気にも
しないで
引いたあとの地面を漁っている
空から桜の花びらが

カラスの黒い背中へ
ひらひらと舞い落ちる

オノマトペいろは詩（うた）

# オノマトペいろは詩（うた）

ア

あーあ欠伸も出るし
あっと驚きもする
あかちゃんはあーあー泣きっぱなし
あんあん泣くからお母さんは
慌てふためいて熱々の鍋を溢してしまったけど
あっけらかんとオッパイをあげている

イ

いーっ

いいねと頷く
いろいろあるからね　だから
生き生きしてるね
いまいましい気もあるだろうが
いっそのことこれにしたらどうだろう
イライラそんなにしないで

## ウ

うひゃうひゃはしゃいでいたら
うっかり忘れたよ
うねうねうねった道だったから
うんうん唸りながら登っていったよ
うっとりする景色も見えて
うろうろ歩き回ってしまった　途中
うーっと犬には吠えられるし散々だった

## エ

えーっそんなことあったの
偉いもんだ
えんえんと
えんやこらさで
えっさほいさっさを続けるなんて

## オ

おっとどっこい
おんおん泣いたり
オギャーと泣いたりするから
おんぶしてやりゃ　たちどころに眠ってしまった
おかあさんの力はすごいね

## カ

かあーかあーカラスが鳴くからといって
かりかりするなよ
母さんがお皿を洗うカチャカチャの音だって
かちんと頭にくるときもある
かんかんにお父さんは怒っていたね
母さんに無理をさせたくない心が
カンボジアの夕日のように
コトンと胸に転がり込んでくる
完璧な夕日が赤くまばゆい

## キ

キンカンと鐘が鳴る
きちきちの魂が　目玉のように

キョロキョロ見ている
キリリの希望が
キチキチの胸に嵌ってくるから
きっちりとかたを付けよう　歴史の問題も
棄損した尊厳も　お互いに
煌めく魂を育てるために

## ク

くるりんが好きな幼い子
雲へ高く回って揚がっていく
来るか来ないか
空の誰かが見ているよ
クックと鳴いて丸い目の鳩もついてくる　遠くには
雲の足も見えている　地平線には　どこかの煙が
燻っているのが

くっきり見える

## ケ

ケンケン足で歩んできた道で躓いたけど
ケロリとしている顔がある
怪我もなく
血相も変えない
けじめのある判断をしている

## コ

こんもり茂る森の奥で
こんこんと湧く泉があって
こっそり少年はそこへ行ってみた
コチコチになった思い出が転がっていて
こんこんと相変わらず湧く泉の中で思い出が踊っているあいだ

こっくりこっくりと気持ちよく居眠りをした

## サ

さんさんと降りそそぐ太陽の日差しのなか
さざめきを透かし
ささやきが聞こえてくる
さやさや
さくさく音たてて　強い意志が
さんざめくような　しかしひそやかな声

## シ

しんしんと冷える夜
しみじみ思い出す
しくしく泣く子供のこと　母に慰められても
しゅんと落ち込み　仕方なく寝てしまった

しかし
しっとりした夢の中でまた出会えた
　いなくなった筈の同級生に
　去っていったはずの恋しい人に
　先に逝った祖父や祖母に

## ス

すんなり分かりました
すいすい泳ぐ姿に
すくすくせいちょうをしてるんだと
すっきりした気持ちになりました　そして
すーっとして
すたこら帰りました

## セ

戦々恐々の世界から始まった
せりあがる不安
背中合わせの恐怖
戦争は要らないと
世界の人はみんな思っているのに
せかせかせっせと歩いていく姿に失望してしまった

## ソ

そよそよと
そうそうと　野を渡って風が吹く
そぞろやって来た秋の気配を感じさせる空気の色が
そろそろやってくる
そば目で見てたら
そっくりな秋が歩いてくるので

そろそろ出発しよう　僕らは冬に向かって

## タ

たらたら言わなくても急がなくても
たっぷり時間はあるよ
たっての願い
たじたじしなくても
たんとお礼を言えばいい

## チ

ちょろちょろ水が流れていて
ちっちゃな雀が　群れになって
ちょこちょこ
ちゅんちゅん水をつつく　雀の命は二三年だが
　稲を食べたり　害虫を食べたり

いいことも　悪いこともあるけど　いなくなれば
ちょっぴりさみしいね

ツ

つんつんすました女が歩いていく
つるつるに禿げた頭の男がその女の後をつける
つかつか歩み寄る靴の音　危ない　逃げろ　しかし
ついに追いついたか　闇の中

テ

てかてかの顔をした男が
てきぱきと仕事こなしていく
点々と続く出来上がった仕事の跡を
てくてく歩いて戻ってみる充実感を
てらてらの頭の男は味わっている

## ト

とろりとした目で
トコトコ歩いていくと　意に反し
とんとん拍子に進んでいくが　なぜか理由もわからず
とっとと帰りなと
とんでもない声で道の陰から怒鳴られ
とうせん棒をされるｓ

## ナ

なるほどなるほど
なよなよした女が頼みに来て
なが長と話していったんだな　そして
なく泣く帰っていったんだな

## ニ

にこにこ笑っている老人
にやにやしている男の子
にんにんとして仲良く日向で話している
にくまれ口の男の子
忍耐強く聞いている老人
にゃあにゃあ隣で猫が鳴いている

## ヌ

ぬくぬくの風呂上りがしたくて　風呂に入ったが
ぬるぬるのお湯で風邪をひきそうだ　洗っていないタイルは
ヌメヌメで滑りそう　これなら入るんじゃなかったと
ぬけぬけというおまえに腹が立ったよ

## ネ

ねちねち言い寄る女
ねっ　だから言った通りだろう
ねんね　ねちゃねちゃ　ねんねんころり

## ノ

野の果て
のこのこ　現れた　見えてはならないもの
軒下で　心の奥の奇妙な物体が
のんきに　のろのろ歩いてくる　おまえはというと
のびのび欠伸をしている　春日和の陽射しを浴びて
　迫る歴史の危機を感ずることなく
のんびりのびのび

## ハ

はらはらと落ちる
花びらに小雨
はらはら落ちるのは時間の霧
孕んだ空から限りなく続くが
春の雨にしばしの休み
葉の先に水玉の光るのを見つめる

## ヒ

ひんやり冷たい空気が
ひっそりと流れてくる
火をまだほしがっている手足の先は
ひりひり痛む
ひがん桜も咲き始めたというのに
ひっそり静かだ　しかし　死んだ祖母はいつも言っていた

ひょっとして戦争に行った息子が
ひょっこり帰ってくるかもしれないと

## フ

ふふーん分かったよ
ふわりと崖から飛び降りた訳が
ふいに虚しさが込み上げてきて　目前の壁の向こう側を見てみたくなったんだ
ふらりと足を出せば真っ逆さま
風鈴のように
笛吹の
風来人は落ちて行ったんだ
敷衍された世界が前と後ろに繋がったんだ

## へ

へらへら笑っている

へとへとに疲れていても
へたりそうになってもその男は笑っている
へいに沿ってよたよた歩きながら
へいきな顔を何時もしている
へっぴり腰も気にしていない
平気のへっちゃら　そこがある意味男らしくもある

ホ

ホッコリ暖かいものを大事そうに抱きかかえ
ホロ苦い思い出を思い浮かべ
ホロホロと泣くなくお前に
ホンワカした出会った頃のことを思い出した
保土ヶ谷のあの坂のこと
幌内の深い雪のこと

## マ

まんまんと水を溜めている
真庭市を流れる旭川のほとりを
まんべんなく隈なく歩き　疲れた体で
まじまじと見つめる川面にアユは跳ねる

## ミ

ミンミンとセミの鳴きはじめる
未明の森が
見る見るうちに明るくなる
美郷　瑞浪　都城市
みんなみんな
みずみずしい町

ム

むっくり起き上がる
無明の迷い
無辺の荒野　その中を
村人の確かなあゆみが希望となって漂ってくる

メ

めっぽう強い男が
命根を携えて
冥土を訪ねた
面々と続く空と海と野原のような景色に迷ってしまう

モ

もっちりした白肌に
もくもくと火煙が上がる

もじもじ　もたもた
悶々と悩みは尽きない

## ヤ

「や」のことを深く考える
やのことを思いやってみる
やはり自宅にいるのか
やっぱり山へ行ったのか
やんやん言われ
山背に追われ悲しい暮らしをしているのではないか
山辺でも谷でもなく　寒い夜を
やけに律義に　根気よく
矢のような速さで野を渡っているのか

## ユ

夢は怠らない
雪はふり　ふる雪を透かして
弓のようにゆがむ景色に静寂は満ち
　無いということが満ち溢れるという欺瞞
　いつも景色は夢であることの真実

## ヨ

ようやくやっと来た
よぼよぼの老人が杖をついて
夜の深い闇に杖の音を響かせ
よろめきながら
齢　百歳ひたすらな挑戦をして　挑戦を
よく意識するまでもなくここまで自然に来た

## ラ

らんらんと光る
落暉を浴びて
雷鳥沢に秋がきた
乱費する絵具のように
落葉に　紅葉に　さらに映える色とりどりのテント
乱鐘はかすかに胸に響いてくる

## リ

離愁
輪廻転生
りゅうりゅうとして
倫に立つ

ル

留萌で
累々と
瑠璃色を重ね
るんるんに楽しむ幼子の遊び

レ

玲玲たる鈴の音は（太平記より）
麗麗と続き
礼節をもって閉じていく

ロ

論理なく
浪々と波は打ち寄せ
老人の悲しみは打ち消せなかった

老人もまた波のように
肋骨の奥から打ち寄せては返す浪人だったのだ　ひとときいの人生において

## ワ

ワンワン犬が吠えるから
わざわざ庭まで見に行ってみたが
ワンワン吠えるだけで異変はない　人には聞こえない音が聞こえているようだ

## ン

## ガ

我相と思い話しかけたら
がっかりするような我相だった
鵞鳥のような眼をして
ガサガサ歩く　水辺ではなく陸を　数多く

がやがや列をなして歩いていく　浅はかな
我相の群れだった

## ギ

ぎゅーと握りしめたら
ギャーと泣いて
ぎゃふんと潰れてしまった
ギンギンに張詰めていたのに　潰れると
ぎざぎざの新聞紙のようになって風に飛ばされて行った

## グ

ぐでんぐでんに酔っぱらった男は　やがて
ぐっすり眠りこみ
グーグー鼾をかき始めた　わたしは怒りで
ぐつぐつ煮えくりかえった　怒りは

ぐんぐん大きくなり我慢できなくなって
グラグラに沸いたお湯を部屋中にまき散らし
ぐちゃぐちゃにしてその場を去った

## ゲ

げっそり痩せてしまった顔を見て
げらげらその男は笑った　おもわず
ゲーゲー私はその場で吐いてしまった
ゲームはそこで終わったが　周りからは
げらげら笑い声が聞こえてきて
げに恥ずかし一日だった

## ゴ

ゴトゴト電車に揺られるたびに
ゴーゴー鼾をかく

ごっつい手をした男の頭は　電車の窓枠に
ごつごつ打っている　それでも男は
ごろ寝でもしているようにいつまでも目を覚まさない

## ザ

ざわざわ　ざーざー　ざっくざく
ざらざら　ざわざわ　騒めいて
在世で楽しむ人間ども

## ジ

ジンジンジラジラ夕日が沈む
ジンジンジラジラ陽が沈む
じりじりジンジン陽は沈み　西のお空は真っ赤っか
じりじり焼け付く空の雲
じゃぶじゃぶひりひり　あっちち♫

## ズ

ズズッとにじり寄られて
ずるずるあとずさりする
ずきずき膝が痛かったが我慢した　おまけに
ずかずか上り込んでくる
随分時間が経ってから　やっと
ズケズケ頼みごとを言ってきた
ずっと一緒にいた友人なのではなしを聞いた

## ゼ

ゼイゼイ喉を鳴らして苦しんでいる
絶対　それは
喘息だ　病院へ行った方がいいよと忠告した　それでもいつまでも
ぜーぜー喉を詰まらせて苦しそうにしている

ゾ

ぞめきを発てて
ぞろぞろついてくる人波に
ぞっとするような怖さを覚えた
ぞくぞくするような寒い冬の夜だったのでなおさらだ

ダ

だらだら続く坂道を
だぶだぶのズボンをはき
だぶだぶのシャツを着た少年が　勢いよく
ダーッと駆けてきた　何事があったのか
黙っているので分からない

デ

デコデコに飾り立てた服を着て　その

でこぼこ野郎は　それでも
デンと構えてうごかない
でんでんむしや
でんでん太鼓を入れたリュックサックを背負って

## ド

ドカーンと大きなものが落ちてきて　そのあとゆっくりと
どんぶりこどんぶらこと一寸法師がお椀に乗って現れた
どんどん寂しい川下へ流されて　疲れ果てた一寸法師は
ドタリとお椀の中で倒れてしまった
ドロドロの血液が体の中を流れるのを感じ
どうせ海まで流されるんだろうと諦めていた

## バ

ばらばら木の実が落ちてきたが

ばったりと止まった　風が止んだのだ
バサバサのかみの少年は
ばたばた栗の実を拾い集め早く帰ろうと急いだ
バーンバーンと狩猟の鉄砲の音が遠かったが近くなってくる

## ビ

ビュービュー冷雨に吹かれ
ビショビショに濡れた女は駆け戻ってきて
びりびり震えている
ビシャビシャに濡れた女を拭いてやり　やっと
ビビるのがおさまった

## ブ

ブーブー車の行きかう間を抜けて　老女は
ブツブツ不平を言いながら

ブリブリ怒っていた　車は相変わらず多くそれでも
無事に道路を渡れた

## べ

ベタベタ得体のしれない油のようなものを塗られ
ベトベト体中が気持ち悪いのに　それでも
べったりくっついてくる犬は
ベロベロ舐めてくる

## ボ

ボーッと
ボンヤリしている
ぼさぼさの髪の
ボロボロの服を着た少年に
「ぼちぼち行こうか」と

ボインの胸をした母親は声を掛けた

パ

パリパリに糊を当てたワイシャツを着て
パリの街を歩く　街路樹の
パリマロニエが満開で
パランポロンと何処からかギターの悲しい音が聞こえてくる
パリジェンヌが遠くから歩いてきて
パリマロニエの花びらが
パラパラと肩に落ちる

ピ

ピアニシモで指を踊らせる
ピアニストの躍動は
ピンピンに跳ねながら軽く柔らかく

ピッタリ合った服のように調和している

プ

プイッと出て行ったまま帰る気もなく
ぷかぷか浮かぶ船上で
プシューと缶ビールを開けて一飲みする
プックリ膨らんだ太めの腹がさらに膨らむ気配がして
ぷりぷり怒る彼女は　私の健康を気にしているようだ

ペ

ぺたりと歩道に座り込んだその外人は
ペラペラ英語を喋っているので　たぶんアメリカ人なのだろう
ペペロンチーノをうまそうにすすりながら
ペッペッと口から何かを吐き出しては
ぺろりと唇をなめる　うまそうに食べては

ペラペラと訳の分からない英語を喋っている

ポ

ポッカポッカ春の野原を馬に乗る少年の姿があり
ポケットから飴を取り出し舐めている
ポカーンと気の抜ける
ぽかぽか陽気は続いている

あとがき

## せかい

宇宙が宇宙に
放物線を描いて消えていく
みんな一緒に消えていく
時間も
歌も
記憶が無かったかのように
かすかなものになっていく
存在の不確か
悔悟の歴史

何をしたかったのか
何ができたのか
分からない空間まで落ちていく
不可解な確かな空間へ
思慮深い哲学者達は
考えあぐねたあげく黙った
自分で世界を終わらせたいと願って終った
キリスト教も
イスラム教も
仏教も
終わらせるための祈りの痙攣だ
楽しい生活を受け入れて気づかないこと
放物線に乗っかっていることを意識しないこと
そうすれば各地の歌が聞こえてくるだろう
演歌やモーツワルトや

土俗の歌や
旋律も音も雨になり
闇のなかへ消えていく
晴れ渡ったなら
雲散霧消
世界は無かったかのような
日常に戻る
しかし確かにある記憶が無くならない
未来を予測した記憶さえ在ったかのようだ
祭りの狂気さえ繰り返されたことを曖昧にさせ
少年の祭りが
昨日のことのように錯覚させる
途切れていく記憶とともに
体は消えていく
悲劇を楽しむがいい

歓喜を空高く投げるがいい
白球とは違い落ちては来ない
上も下もない深さだけの宇宙の果てに消えていくのだ
宇宙ステーションを軽く追い越し
果てしない闇のなかへ
消えていく記憶は残されたまま
忘れ去られた卓袱台の飲みかけのお茶のように
束ねられた無縁仏
蒸発した希望
記録されない過去の人々
不確かな確かさ
一輪の花だけを際立たせる名もない花たちも
地獄を支える天使たちになることもある
それさえ夢かも知れない
せかいは夢で満ちていて

生の夢
死の夢
生から死の過程の夢
楽と苦の入り混じった夢
夢の輪だからせかいはおもしろい
無数の輪が地球上に散らばっていて
輪の中に輪があり
一日の輪
一生の輪
地上に鏤められたさまざまの無数の星が
生まれては消え
四季折々永遠に繰り返される
緑の森
枯葉の原野
閾値を認めながら

幸せと苦痛の間で
過程を育てることこそすべてだ
養ってやろう
魂という奴
命つきたとき介護をしてくれるのだろうから
立たぬ足
動かぬ手
暗い路でも導いてくれるのだろうから
そして地球は満杯になった
秋の空に稲妻は煌めき
憂愁は葬られる
地球は隙間がないのに
イノベーションは満ち溢れ
限りない繰り返しを続けている
貨幣

株式会社
倫理
欲望
ゆとり
遺産
侘しさ
空転するせかい
幼い子供達は
この複雑に積み上げられたせかいへ
漕ぎだしていく
成功とは何か
失敗とは何か
幸せとは何か
いづれ気付くのかもしれない
過ぎ去った時間が取り返せない

来る時間に対応できなくなっていることに
誕生から死滅への輪の存在に
いつかは衰退する五感の受信機
終わりのない反復
我々は体制を調える
この恣意的に緩慢な
物々に目まぐるしい
この風景に惑わされることなく
循環の中で我々が対応してきた自信だけが支えている
地球上のどこかで飢えている子供が居る
孤独の夜を耐えている老人が居る
歓楽街から若者の悲鳴が聞こえる
耐えられない痛みに耐えている病人が居る
今日も無数の命を食べて生きた
残酷な生命は人間だ

だから許しの理屈をつくる
トラークルも
ビトゲンシュタインも動けなくなった
世界は終わったのだ
だから過ちの光が
一夜の花火としてヒットラーに耀き
すべては消滅し
新たに始まったはずなのに
出過ぎた速度のために
すべてが失われる時が来た
それは誰なのか
形を変え
思いもつかなかった姿で
偉大な詩人が交通整理の旗を振っている
偉大な芸術家が地下通路で野宿をしている

多くの人が飽食に厭いている
臓器を培養して移植しようとしている
必要なことはパソコンが憶えていたが
コンピューターも考え始めた
人はなにをもって人なのか
人の本質は何なのか
せかいは迷っている

日吉　平（ひよし　たいら）

本名　三好正信
1948年生まれ
愛媛県出身
現住所　松山市
著書　詩集『帰郷と死音』（発行 風詠社）

詩集　わらべ詩（うた）

2017年7月20日　第1刷発行　定価・本体価格1200円＋税
著　者　日吉　平
発行人　大早友章
発行所　創風社出版
〒791-8068　松山市みどりヶ丘9-8
℡ 089（953）3153
印刷　㈲ミズモト印刷

ISBN 978-4-86037-249-1